들꽃 앞에서

유연관
감·성·시·집

하나님의 사람을
만들어 가는 **엘맨**
ELMAN

초판 1쇄 2023년 6월 30일

지은이 : 유연관
펴낸이 : 이규종
펴낸곳 : 엘맨
주 소 : 서울시 마포구 토정로 222 한국출판콘텐츠센터 422-3
출판등록 : 제1998-000033호(1985.10.29.)
전 화 : (02) 323-4060
팩 스 : (02) 323-6416
이메일 : elman1985@hanmail.net
www.elman.kr

값 14,000 원

추천의 글

유월 가득 피어나는 어머니의 수국에서 그리움을 불러내고
수국으로 피어나는 어머니의 고귀한 성품에서 본향을 그리는
유연관시인은 그 자체가 한 편의 아름다운 시입니다.
맑은 심성이 한편의 시요
따뜻한 인성도 한 편의 시이며
준수하고 걸출한 시인의 풍모는 또 한 편의 미사여구와 같습니다.
유덕자 필유선언이라고 했습니다.
인품이 바르고
훌륭하면 반드시 그 말이 정의롭고 부드러운 것이니 바로
유시인을 두고 한 말이며 또한 회사후소라고 아름다운 필력은
손끝에서 나오는 것이 아니고 그 마음에서 나오는 것이니
설렘과 끌림을 이끄는 시인의 깊은 마음과
사유하는 심오한 가슴에서 아름다운 시의 세계를 봅니다.
심화, 가화, 인화를 도모하며
늘 내화외신하는 유연관시인의 보석 같은 시를 심연으로 낭송하며
추천의 글을 올립니다.
감사합니다.

가평한옥마을 촌장
연농 피 부 호

코리아휴먼아카데미 인성교육원장
세계문인협회 이사
물맑은세상 합격쌀· 잣고을누룽지 대표
효정다도회장

감성시를 쓴다는 것이
어떻게 보면 유치해 보이며
낯 간지러운 이야기로 보일 수도 있다.
필자도 그랬지만 어느 순간
아! 하며 깨닫는 순간이 있었다.

단순한 일상의 현상이나 보이는 이미지를
툭 던지면서 감성을 끌어올리는 몇 마디 단어로
반전과 감동을 주는 글로 완성되는 모습이
참으로 놀라운 모습으로 다가왔다.

평범한 글을 다듬고 또 생명을 불어넣어
이제야 조금씩 모든 사물을 생명이 있는 모습으로
바라보게 되었다.

시·글쓰기 치료 강의를 수강하며 감성시를 통해
치유와 사랑의 능력을 배울 수 있었다.

깊은 우물 같은 우리 안의 수많은 감성을 끌어내어
서로의 마음을 마주하며 함께 세상을 사랑으로 보면 좋겠다.

part **1**.

들꽃 앞에서

14	어머니의 수국
15	들꽃
16	들꽃 앞에서
17	민들레 꽃
19	갯벌
20	해변길
21	유채꽃
22	해를 보며
23	해맞이
24	물어름
25	그대 닮은 꽃
26	나를 닮은 꽃
27	호접란
28	꽃밭에서
29	봄에 내린 눈
30	능소화 길
31	능소화
32	목요일의 설레임
33	친구
34	커피에 타서
35	비와 커피
36	보이차처럼
37	보이차
38	지나가는 비
39	시계
40	행복
41	떡갈고무나무
42	내 오월
44	현충일
45	사랑하는 사람

part 2.

바람부는 날

48	장마
49	첫인상
50	뱃사공
52	미소
53	어깨
55	바람부는 날
56	천년나무
57	옹도
58	백사장 포구
59	호박 고구마
60	태안소금
61	할미 할아비바위
62	꽃지
63	해바라기 꽃
64	해바라기
65	해바라기 그대
66	뭉게구름
67	콩깍지
68	참새와 방앗간
69	쉬는 날
70	짝사랑
71	쉼터
72	붓 이야기
73	차사랑
74	여름밤
75	내 여름
76	여름
77	매미
78	코스모스

part3.

수국으로 피는 어머니

82   수국으로 피는 어머니
84   어머니와 단추
85   단추
86   어머니와 가로등
87   어머니
88   가로등
89   일기장
90   단풍잎
91   귀뚜라미
93   단풍처럼
94   낙엽
95   보름달
97   다리
98   가랑비
99   마음
100   명찰
101   녹보수
102   신발
103   양의 기도
104   천리향
105   공사중
106   좁은 문
107   시계 침
108   뭉클
109   손편지
110   명절
111   공기청정기
112   냉장고
113   내안의 콩깍지
114   그물

part4.

아버지와 막걸리

118 우산

119 보름달과 그대

120 보름달

121 거울

122 빈수레

124 도시를 걷다

125 귀뚜라미

126 밀당

127 안경

128 축제장에서

129 안개

130 책꽂이

131 굳은 땅

132 마음

133 주인공

134 리모델링

135 바다

136 수상소감

137 편의점

138 주차장

139 함구개이(緘口開耳)

140 골목길

141 첫눈

142 첫눈인가

143 눈

144 은행나무 길

145 은행나무

146 아버지와 막걸리

part 1

들꽃 앞에서

어머니의 수국

아파트를 나설 때마다
나비처럼 춤을추는
화단의 수국 꽃 무리

커지는 꽃나무에 버거운 화분이
안타까워 보다 못해
화단에 옮겨 심으신 어머니

6월이면 더욱 크게 도드라지는
수국꽃의 자태가 어머니 마음을
그립게 불러낸다

올해도 보랏빛 수국꽃이 피었다
내 안에 어머니 보고 싶은 마음을 담아
6월 가득 피어났다

들꽃

고민하고
넘어지고
힘든 하루가
어찌 나쁜이겠는가

들판에 핀 꽃이
바람에 흔들리다
다시 꼿꼿한 자태를
보여 주는 것처럼

흔들리니
내가되고
바로 서는 것도 나다

나는 들판의 꽃이다
아니 꽃보다 더 굳세다

들꽃 앞에서

창문 너머
들판에 핀 꽃무리

멀리서 봐도 꽃
가까이에서 봐도 꽃

코앞에서 봐야
꽃의 미소를 보지만
내 안에 그대는
생각만 해도
미소가 피어난다

언제나
내안의 정원에 핀 꽃

민들레 꽃

처마 아래 콘크리트 사이로
고개 내민 민들레 꽃

씨앗으로
멀리 떠나지 않고
올해도 꽃을 피웠다

내 안에 꽃을 피워
그리움을 밝히는 그대 생각 처럼
노랗게 피었다

갯벌

바닷물이 썰물로 빠지면
평야처럼 갯벌이 드러나고

그대 떠난 빈 자리에는
그대 생각이 밀물처럼 밀려오고

그래서 바다는 외로움이고
이래서 그대떠난 마음은 그리움이고

해변길

바닷가, 곧게 뻗은
시원한 해변 길
코스모스가 춤 추게 하고

활주로처럼 펼쳐진 길에서
그대와 손잡고 걸으면
비행기 처럼 날아가게 하고

바다도 활주로도
내 가슴에 있다
그대 생각을 펼쳐 놓고 있다

유채꽃

노란 유채꽃이
해변 길을 덮었습니다

함께 온 일행과 떨어져
유채 꽃밭에 빠졌습니다

유채밭이 그대인 듯
해변 길 가득 그대 미소가 덮었습니다

따라 웃다
유채꽃이 되었습니다

해를 보며

수평선으로 올라오는
새해 첫날 검붉은 해!

혼자 보기 아쉬워
꿈나라에 빠져있는
내 안의 그대를 불러낸다

또 다른 해가
밝게 떠오른다

배시시 웃는
당신이라는 해!

올 해 받은
최고이 선물이다

해맞이

찬바람 맞으며
새벽부터
혼자 달려온 바닷가!

여명이 걷히며
올라온다!
소리치는
사람들의 환호성!

올해도
새해 해맞이는
가슴을 뜨겁게 한다

꿈나라에 있는 그대를
내 안에 불러
함께 보는 해맞이!
사랑이다

물어름

뒷산 산책길
작은 냇물 두 줄기가
만나는 길!

그대와 걷던 때에는
진달래꽃이 피었었는데
오늘은 살얼음이 덮여 있다

다시 진달래꽃이 필 때면
냇물이 물어름에서 만나듯
다시 그대 만날 수 있겠지

그대 닮은 꽃

무궁화 꽃을 보다가
당신 닮았네!
하는 그대

활짝 웃는 꽃잎을 닮았나?
삐쭉 내민 입처럼
꽃술을 닮았나?

그냥
빙그레 웃는 그 모습
그대로 닮은 당신!

나를 닮은 꽃

해 질 무렵
떨어지는 꽃을 보며
나를 닮았다고 한숨 나오게 했던 꽃!

아침에 다시 피는
꽃을 보며
당신을 닮았다고 빙그레 웃게 했던 꽃

그대 안에 내가 있듯
내 안에 그대 있는
우리 닮은 무궁화!

호접란

사무실 한쪽에
노란 호접란!
며칠 전만해도
꽃망울만 보였는데

오늘은
나비 떼 처럼 활짝 피어
마음을 화사하게 해주네

흐린 날에는
마음에 호접란을 심어야겠다

아니아니
맑은 날이나 흐린 날이나
늘 그립게하는
그대 생각을 심어야겠다

꽃밭에서

그대는
바닷가 코스모스 길
꽃향기에 취해 웃고

나는
꽃인 듯 그대인 듯
그 미소에 취해 웃고

꽃도
당신도 웃고 있는
내안은 꽃밭

봄에 내린 눈

진달래 꽃 위에
눈이 내린 뒷산의 봄

겨울이 떠나며
아쉬움을 남겼는지
꽃 위를
하얗게 덮었다

내 안에 핀
그대는
사랑으로 덮여 있는데
이 모습 보면
떠나지 않겠다 할지 몰라
가슴을 저민다
진달래 꽃 위의 눈이 녹는다

능소화 길

담장 위에 능소화가 피어있네
길게 이어진 담장 길을 가득 덮었네

담장이 무너질까 까치발로
조심스럽게 발디딤을 떼어놓고

수줍은 소녀의 얼굴처럼
주황빛으로 내 안을 가득 채웠네

아산 외암민속마을에서

능소화

가녀린 듯
어설픈 듯
담을넘어 아래로
내려오는 능소화 !

수줍은 듯
돌아보며
주황 빛으로
도장을 찍네

너는
내 사랑 !
가슴에
도장이 찍혔네

목요일의 설레임

일곱개의 날 중에
설레임이 가득한 목요일
사랑이 필요한 수요일을
잘 보듬어준 보상으로

내일은 편안한 금요일로
행복이 찾아 올 터이니
힘이 드는가 행복 올텐데
사뿐사뿐 나비 날개짓으로

두근두근 방망이질 하는
작고작은 가슴 끌어안고
오늘은 솜사탕 처럼 가볍게
행복의 미소를 온세상에

당신의 사랑을 담아
모두의 사랑을 담아
환한 미소로 고개들어 보면
당신께 드리는 파란 하늘

친구

많지는 않지만
친구라 부를 사람이 있다는 것이
얼마나 좋습니까

십 년만 젊었으면 후회하지 말고
십 년 뒤에 후회할 그 십 년 전이
오늘이기에
십 년 후를 내다보며

내민 손 잡아 주고
미운 손 보듬어 주고
사랑하는 맘 가득하면 좋겠습니다

다시 한번 나를 되돌아보며
사랑 그 작고도 큰마음 숨기지 말고
봄바람이 살갗을 스치듯 가볍게
내 인생에 심장이 가장 힘차게 뛰는 날은
오늘이라니

커피에 타서

오늘 아침은
무겁지만
피식 웃으며
어제를 잘 보냄에
감사하고

견딜 만한 무게에
다시 털고 일어남도
감사하고

믹스커피를
저으며
소용돌이치는 찻잔에
감사를 타서 마신다

비와 커피

내려도 내려도
더 내렸으면 좋을 비

마셔도 마셔도
비워지지 않는 커피

오늘은
비가 커피다
커피는 비다
아니
둘 다
그대다

보이차처럼

설렘 안고 달려간
가평 한옥마을

백년을 우려낸 보이차 향이
마음을 타고 흘러흘러
이야기 꽃을 피운다

꽃향기에
낯선이도 금세 허물 없다

사랑 꽃 웃음 꽃
우리도 웃는다
보이차처럼

보이차

차의 향을 타고 흐르는
감미로운 음악

살아가는 이야기가
찻잔을 잡은 손 끝에서부터

둘러 앉은 우리네
마음까지 가득

비워진 찻잔에
그대 생각으로
다시 채워지는 갈색 행복

지나가는 비

어제도 종일 비가 내리더니
오늘은 바람까지 더해서
요란하게 퍼붓는다

쏟아진 폭우는 냇물처럼
도로를 냇가로 만들었다

장마로
마음까지 젖으면 안되는데
가슴을 연다

장마가 지나가고
해가 쨍쨍
무더운 한 여름이다

시계

시계에서
숫자를 지워도
알 게 되는 시간!

그래서
내 시간
내 주관으로
세상을 바라보나 봅니다

오늘은
시계침도
지워야 할까 봅니다
잠시 멈출 쉼을 위해

행복

하늘이 참 맑습니다
하얀색 구름만 떠 있습니다

걱정 없이
행복만 품고 있는 하늘!
덩달아 내 마음도 행복해 집니다

뭉게구름처럼
가슴에 담긴 그대 얼굴 실컷 볼 수 있게
내일도 오늘같이 맑음이면 좋겠습니다

떡갈고무나무

작년 봄 사무실 한 편에 놓은
잎사귀 큰 떡갈고무나무

학창시절 교정을 초록으로 덮어주던
플라타나스가 생각이 난다

친구들과 잎사귀를 들고
나무 아래에서 부채질을 했었는데

학창시절 그 친구들 떡갈고무나무 아래로 부른다
내 안에 선풍기까지 켜 놓고 기다린다

내 오월

오월의 하늘에
흰 구름이
되고 싶다던 당신

이팝나무 꽃 핀 정자에서
저 멀리 내 모습 보이면
한달음에 마중 나가겠다 했었는데

당신은 보이지 않고
정자 지붕에 뭉게구름만 걸려있네

이팝나무 꽃은 이리 많이 피었는데
당신은 없습니다
참 많이 그립습니다

섬진강 급류에 실족하신 조훈탁 시인을 기리며

현충일

탱고 춤추는
아가씨 옷에 달은 꽃 처럼
베란다에 우뚝 선 장미 !

현충일 즈음이면
더욱 새빨갛게 타오르는 장미
피끓는 젊은 이를 그리워 한다

꽃이 지고
유월이 가면
꽃의 아픔은
기억에서 멀어지겠지만
그날의 활짝 핀 모습은
1년 내내 기억된다

사랑하는 사람

집착을 버리고
순종하는 사람

헌신하며
새 생활을 표현하는 사람

마음에 위안을 얻기보다
보상하는 마음을 바라기보다
신뢰와 순종으로 함께하는 사람

내 안에 늘
하나님을 모시고 있는 사람

그대는 하나님을 사랑하는 사람
하나님이 사랑하는 사람

part 2

바
람
부
는

날

장마

긴 가뭄에
기도하는 마음을
신이 알아주었는지
세찬 장대비가 내린다

종일 아스팔트를 두드리던 비
어느새 길이 하천이 되고
흐르는 물속에서
물고기라도 튀어나올 심상이다

내 안에도
비가 필요한 걸 알았는지
그리운 그대 생각이
종일 내 안을 두드린다

그대에게 가 있는 생각이 넘쳐
거꾸로 그대가 내게 오고 있다
그대 생각을 담은 비가
넘치고 있다

첫인상

세익스피어는
사랑은 첫인상과 함께
시작된다 했습니다

그렇다면 난
오래 전부터
사랑이 시작 되었습니다

미소짓는
그대의 첫인상은
내 사랑 받기에 충분했고

그때부터 이어진 사랑
지금까지 이어지고 있는 걸 보면

뱃사공

잔잔한 바다에서는
좋은 뱃사공이
만들어지지 않는다니
배를 한 척 사야 할까 봅니다

그대 향한 마음에
풍랑이 솟구치는 걸 보면
이미 험한 파도가
내 안에서 요동치고 있는게 분명 합니다

배를사면
그리움에 띄워놓고
보고싶어 일렁이는 마음
즐길 수 있겠지요
아마도 아마도

미소

6월은
장미의 계절 이라지요

하지만 나는
그대의 계절이라 하렵니다

장미꽃만 보면
그대 미소가 떠오르고

그 미소를 보면서
나도 장미꽃이 되니까

어깨

하얀 거품을 내며
포구로 들어오는 배
어부는 환한 웃음으로
상자가득 담긴 꽃게를
뭍으로 나른다

물은 점점 빠지고
갯벌이 드러난 곳에 작은 어선
긴 장화를 벗지도 못한 채
그물을 손질하는 어부
피곤한 눈에 졸음이 담긴다

넘어가던 해가 포구에 기대어
노을을 만들며 쉬고
어부는 기댈 곳 없어
자꾸만 옆으로 기울어진다

어깨를 빌려주고 싶은 마음
빈 상자가 눈치채고
내 대신 어깨를 내민다

part2. 바람부는 날

바람부는 날

세찬 바람에
고기잡이 작은 어선은
뭍으로 몸을 바짝 붙여
움츠려 있고

그 많던 갈매기는
날개 하나 보이지 않게
모두 다 숨었는데

모두 다들
어디 갔냐며
바람 혼자 요란하게
떠들고 있는 바다!

내 안에
쉬고 있는 그대
그 모습 보일 것 같아
두 손으로 마음을 가리며
딴청 피우는 중

신진도 안흥 나래교에서

천년나무

천년동안 지키고 있는
태안 백화산 흥주사 은행나무

어린시절 소풍 갈 때마다
친구들과 뛰어 놀았던 곳

노승이 산신령의 말을 듣고
지팡이를 꽂아 잎사귀가 돋았다는데

나도 잠시 은행나무 기운 빌려
내 안에 그대 생각 그리움에 심으면

그대모습 보이겠지
날 알아보고 달려 오겠지

옹도

서해의 밤을 비춰주는
태안의 등대섬 옹도
옹기모양을 닮아서
옹도라 부른다는데

동백나무가 섬 전체를 덮어
그늘을 만들고
갈매기가 종일 노래하는 섬!

오랜시간
존재를 감추었다가
백여년만에 사람의 눈길을
허락했다

사람의 발길이 그리웠을텐데
홀로 지켜낸 시간이
대견하다

하루가 멀다며 생각나고
한 달을 못봤다고
내 가슴은 그리움이 돋는데

백사장 포구

꽃게랑 대하랑 인도교가 있는
안면도 백사장포구
오늘도 출장길에 들러
바닷냄새를 맡는다

작년, 이 맘때 들렀을 때
힘든 마음 가눌 길 없어
노을에 위로 받았었는데

오늘 보는 노을은
왜 이리 아름답지?
그대와 함께 보면 좋았을 걸

힘든 일상이 지워진 자리
그리움이 돋아난다
이제
사랑해도 되겠다

호박 고구마

군고구마를 먹다가
그대 생각이 났다

노란 고구마를
호호불며
"무슨 고구마지?"
하고 물었었는데

TV에서
"호박 고구마!" 하던
장면을 따라 하니
까르르!

태안소금

5월이면
송화가루 품은
태안 소금이 제철이다

짠맛에 단맛이
그대 생각 처럼
함께 나는걸 보면

그러니
사랑스러운데
애교도 함께 있는
그대가 보일 수 밖에

소금처럼
내 일상에
없어서는 안 될 귀한 당신!

할미 할아비바위

썰물에는 바위 되고
밀물에는 섬이 되는
안면도 꽃지
할미 할아비바위!

지아비를 기다리던 아낙네가
망부석이 되어
할미바위라 칭했다는데

떨어지는 저녁해는
멀리서 아내를 보며
오지 못하는 지아비의
애달픈 마음을 담는다

아니 그 마음
벌써 알아채고
할아비바위로
우뚝 서 있는지도 모른다

그 바위 둘
내 가슴에 닿았다
나도 이 만큼
바다너머 그대가 그립다며
보여주고 싶어서

꽃지

썰물에는 바위 되고
밀물에는 섬이 되는
안면도 꽃지
할미 할아비바위!

지아비를 기다리던
아낙네가 망부석 되어
할미바위라 칭했다는
슬픈 전설

바위를 보고있는 사람들
슬픔보다 행복이 넘친다

노을빛 물결 타고온
할아비바위와
섬이 되어
오손도손 정을 나누는 할미바위
꽃과 나무를 키워내는
다정한 부부의 섬

해바라기 꽃

얼굴에 땀방울이 송글송글
뜨거운 해를 피하고 싶은데

해바라기는 뜨거운 해를 보며
웃음꽃을 피웠습니다

해바라기는 해를 보고 웃고
그대 그리운 나는
나를 닮은 해바라기를 보며 웃고

하루가 갑니다
해바라기처럼 내 가슴에 그리움을 담고
꿈속에서
그대 만나기 위해 갑니다

해바라기

그대향한 내 마음은
해바라기입니다
그대만 따라 다니며
활짝 웃는

그러다
기다림으로 씨앗을 맺고
다시 필 날을
그리움에 담는

해바라기 그대

바라보면
함께 따라 보고
보지 않으면
딴청 부리는
액자속 해바라기!

나를 닮아 좋습니다
그대 좋아하는 마음
들킬까봐
딴청 부리는 것 까지 닮았습니다

뭉게구름

너의 눈에 보일 수 있게
뭉게구름 되어
하늘 속으로 들어갔다

너만 알아볼 수 있다면
비가 되어 내려도 좋고
바람 되어 불어도 좋고

콩깍지

콩깍지가 씌면
보이는게 없다고 했지요

그렇다면 나는
평생동안 보이지 않아도 좋습니다

내 마음에는 늘
그대만 보일테니까요

참새와 방앗간

참새가 방앗간을 보고
그냥 지날 수 없듯이

나는 매일
그대 생각으로
하루를 시작 합니다

내 마음에
그대 생각으로 방앗간을 만들고
매일 들러 보고 있습니다

쉬는 날

가는 날이 장날
도서관 입구에 쉬는 날 안내문

그렇지만
내 마음은 이미
도서관에 들어가 있습니다

그대 생각하기
그대 사랑 더하기
눈만 뜨면 그대 찾기

그대에 대한
도서로 가득찬
내 안의 도서관으로

짝사랑

하늘이 파랗다
그대가 보고 싶다
사랑스럽다

이런 생각
마음 안에만
담아 두었으니
그대는 모르겠지

지금 내 마음을
내일은 얘기 해야지
내 안에는 온통 그대 뿐이라고
어제도 꺼냈던 생각 이라고

쉼터

내 안에는 집이 있습니다
그대가 머무는 집보다
훨씬 크고 아름다운 집

그 집에는
그대만을 위한
뭉게구름 같은 쉼터가 있습니다

그대 보고 싶을 때마다
찾아가서
그대 기다리다 오는 집!

눈을 감으면
보고싶은 모두를 만나고

손을 내밀면 누구라도 잡을 수 있는
나의 집 우리의 집
내안에는 아름다운 예배당이 있습니다

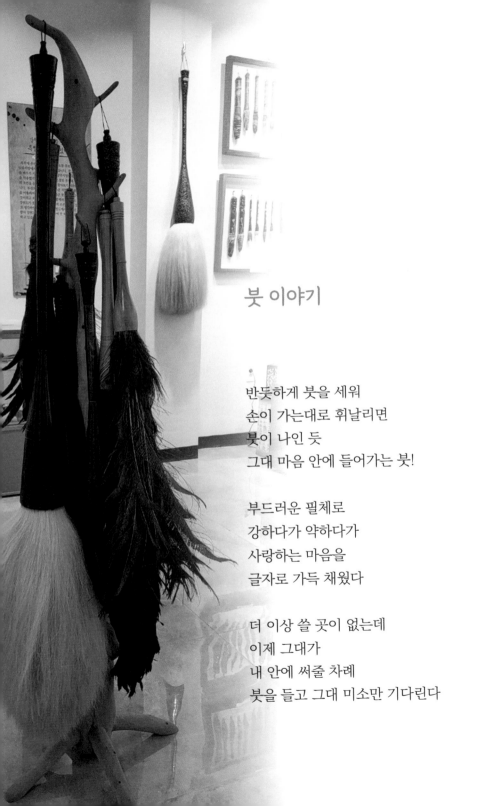

붓 이야기

반듯하게 붓을 세워
손이 가는대로 휘날리면
붓이 나인 듯
그대 마음 안에 들어가는 붓!

부드러운 필체로
강하다가 약하다가
사랑하는 마음을
글자로 가득 채웠다

더 이상 쓸 곳이 없는데
이제 그대가
내 안에 써줄 차례
붓을 들고 그대 미소만 기다린다

차사랑

소양호의 마음담아
우려내고 발효하여

그대 안에 차향을 담네
그대 안에 사랑을 담네

찻잔속에 소양호가 있네
그대 생각 담고 있네

여름밤

여름밤은
생각의 완성이라 했지요

그렇다면
나의 밤은 늘 여름 밤입니다

생각속의 그대를 불러
함께 걸을 수도 있으니

내 여름

제비 한 마리가 왔다고
여름이 온 것은
아니라고 했습니다

하지만 제겐 벌써
여름이 왔나 봅니다

제비보다 몇천 배
소중한 그대가
이미 내 안에 와 있으니

여름

여름에는
노래가 절로 나온다고 합니다

그렇다면 나는
매일 여름인가 봅니다

그대만 생각하면
노래가 절로 나오는 걸 보니

내 안에서
노래를 듣는 그대도 만날 수 있고

매미

유리창에 앉아 우는 매미
귀를 막아도 맴맴

여름을 보내기 싫은가
왜 저리 요란하게 울지

매미소리를 지우기위해
문득 창밖을 보았다

그대 생각나게
코스모스가 피었다

가을이다
매미소리에 실려온 가을
코스모스에 담겨온 그대!

코스모스

가을이 소개팅을 주선한 듯
고추잠자리가 앉은 코스모스!

신이 처음 만든 꽃이라며
질서있는 우주로 명하였다는데

바람은 꽃잎을 흔들고
잠자리는 꽃에 앉아 유혹하고

꽃도 잠자리도 내 안에 있다

수국으로 피는 어머니

수국으로 피는 어머니

아파트를 나설 때마다 화단 양쪽에 수국꽃 무리가
나를 보라며 나비 날갯짓으로 춤을 추고 있다

커지는 꽃나무에 버거워하는 화분이 안타까워 보다 못해
아파트 화단에 옮겨 심 자시던 어머니 말씀에 투덜거리며
옮겨 심을 때만 해도 아래로 내려다보이던 수국이었다

한 해 두 해가 지나며 내 키보다 훌쩍 커버린 데다
화단 위에 심어서 이제는 올려다보기까지 하게 되니
그때 심은 나무가 맞나 한 번씩 다시 보게 된다

매년 6월이 되면 더욱 크게 도드라지는 수국꽃의 자태는
고귀한 성품을 닮은 어머니 마음을 너무나도 그립게
불러낸다

벌써 옮겨 심은 지도 여섯 해
어머니를 보내드린 해도 여섯 해가 되었다
작은 화분에 버거워하던 그 수국을 화단에 옮겨 심으시고
어머니는 세상이 작아서 넓은 본향으로 가셨다

올해도 보랏빛 수국이 피고 지고
어머니로 다시 오기 위해 긴 겨울로 들어서겠지

앙상한 나뭇가지로 모진 찬 바람을 견뎌 내고 나면
다시 파릇한 잎을 앞세워 내 안에 어머니 보고 싶은
마음을 담아
여름 하늘 가득 피어나겠지

어머니와 단추

동전 크기만 한 단추가 떨어졌다
가을바람 불기 전에
코트 앞에 다시 달아야 하는데

첫 출근 할 때
단추를 매만져 주시던
어머니가 생각난다

그때부터
내 가슴에 달아 둔
어머니 마음을
보고 싶을 때 마다 바라보는 단추

단추

곧 떨어질 듯
코트 앞에 달려 있는
동전만 한 단추

멋 부리느라
채운 적 없이 지냈는데
달아야 할지 말아야 할지

춥지 않게
단추 잘 잠그고 다니라던
그대 말이 생각나
웃고 있는 지금은
그대 얼굴이
내 가슴에 달린 단추

어머니와 가로등

야근 후 집으로 가는 길
가로등 불빛에 비친
지친 내 그림자

힘없이 걸어가면
그림자가 따라 한다며
힘을 내라 말 하는 가로등

가로등은 나에게 힘을 내라 하고
나는 가로등에

내 안에서 날 위해 기도해주는
당신이 계셔 괜찮다고 귀띔해 주고

어머니

소식도 없이 찾아온 여름
수국 꽃으로
온다는
기별을 넣었나

꽃잎 사이로
휘파람 불며
여름 바람 지나가는 소리

그렇게 여름은
환한 수국 꽃 미소로 왔다가
수국꽃을 좋아했고
지금은 내 안에 계신
어머니를 그리움으로 자아낸다

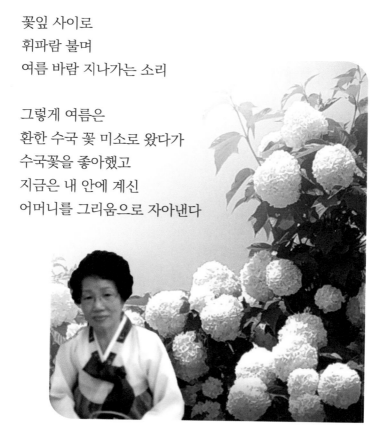

가로등

집으로 가는 길에
꺼져있는 가로등

불 빛 아래서
웃으며 걷던 우리

그대 얼굴 보이면
골목길이 환해질 텐데

내 맘을 알았나?
함께 오면 켜주겠다
말하는 가로등

일기장

어머니의
짐을 정리하다
보게 된 일기장

새벽마다
소리를 죽여가며
얼마나 가슴 아프셨을까

이 년여의 투병기간
그 세월을 버티며

아픈 몸 보다
자식들 위한 기도로
빼곡한 일기

해마다 이맘때면
어머니의 그 시간이
내 안에 멈추고 있다
그리움에 달로 떠 있다

단풍잎

작년에도 자동차
보닛 위에 단풍잎이 있었는데
오늘은 더욱 붉게 물들어
차를 덮었다

붉게 물든
단풍잎처럼
내 가슴을 덮은
그대 그리움!

차는 단풍잎이 덮고
내 마음은
그대 생각이 덮고

귀뚜라미

매미소리 멈춘 자리
귀뚜라미 소리가 들어찬다

매미는 여름을 보내고
귀뚜라미는 가을을 불러오고

문 밖에 가을이 왔다고
그대가 기다린다며 울어댄다

귀뚜라미가 이겼다
그대 그리운 가을이 이겼다

단풍처럼

단풍나무 숲길을 걸어가다
마주보며 빙그레!

어제 본 당신은
어디가고
단풍인지
당신인지!

그대가
단풍 빛으로 물들어 가듯
나는 미소짓는
당신께 물들어 갑니다

가을입니다
그대 가슴에
깊게 담기는 가을입니다

낙엽

낙엽이 쌓인
가로수 거리에서
무심코 밟는 낙엽!

아차!
나뭇잎 하나 때문에
발을 멈춘다

예전에는 아무 생각없이
밟고 지나던 낙엽 속에

다섯손가락 펼친
빨간 나뭇잎!

책갈피로 만들어 받을
그대의 미소부터 생각한다

보름달

뒷산 소나무 위로
보름달이 떴습니다

금방이라도
나무위로 떨어질 듯
커다랗게 보입니다

달과 당신의 모습이
겹쳐 보이는 것이
금방이라도 내 안에
달이 뜰 것 같습니다

달을 따라
당신이 안길 것 같습니다

part3. 수국으로 피어나는 어머니

다리

안면도
백사장 항구와
드르니 항구를 연결하는
꼬부라진 다리!

그대와 나를
연결하는
반듯한 다리!

꼬부라진 다리를 건너면
꽃게랑 대하랑 만나고
반듯한 내안의 다리를 건너면
봄꽃처럼 웃는 그대를 만나고

가랑비

가랑비에
옷 젖는 줄 모른다고 하지요

그렇다면
그대는 소나기 인가 봅니다

한 순간에
그대 생각으로 흠뻑 젖는 걸 보면

마음

매일 그대를 만나는 곳

명찰

내 가슴에 달았다가
그대 이름을 떠오르게 했던

녹보수

해피트리라는
오해를 받으며
사무실 입구에 있는
녹보수!

보석도 되고
행복도 주니
오고가는 사람들 마다
즐거움을 느끼나 보다

오늘도
해피트리처럼
웃고 있는
녹보수!

신발

차가운 날씨에
움츠려만 드는
새벽 산책길

옷이 좀 얇은가?
발길을 돌릴까?
망설일 때
먼저 앞으로 가는 신발

등줄기에 땀방울이
흐르나 싶은데
저 멀리 보이는 그대!

늦으면 안 돼!
내 안에서 나와
기다리는 그대
신발이 알아챘는게 분명해

양의 기도

아무도 오지 않은
한기가 느껴지는 예배당

움츠리며
두 손 모아
기도 하는 손

목동이 치는 양 같아서
늘 울타리 안에 있는
내 모습

양이 기도 합니다
울타리 밖
주님 음성 듣게 해달라고

천리향

선물 받은 천리향을
책상 위에 놓았는데
이름같은 향기가 없다

꽃이 피면 꿈속으로
찾아 갈지도 몰라!
이 말에 그냥 웃었는데

꽃말을 알고 나서
활짝 피기만을 기다린다

꿈속의 사랑이라는
향기를 그대로 다시 만날

공사중

현관문 밖에
윗집 인테리어 공사
안내문이 있다
참을 수 있다

내 안에는
날마다 늘어나는
그대 생각으로
늘 공사 중인데

맞다
좋은 이웃의
배려하는 마음이
웃음을 불러낸다

덕분에
그대 생각도 더할 수 있고

좁은 문

좁은 문으로 들어가라
생명으로 인도하는

커다란 문 앞에
서 있는 나

하지만
알고보면 날
칭찬 해 주실걸요

좁은 문을 지나
당신이 계신
크고 넓은 문 앞에 있는 사실

시계 침

시계 침은
가족이다

한 바퀴 돌면
다시
집으로 오는

아니
너다
내안에 늘
함께 사는 너

뭉클

나에게 편지를 쓰던
학창 시절이 떠오른다
뭉클!

시인을 꿈꾸며
나에게 편지를 쓰곤 했었는데

한 세월 지난 지금
편지 같은
글을 쓰고 있네

내 안에 자신감 가득한 나로
가득 차 있던
그때처럼!

손편지

딸아이를
태워다 주고
돌아서서 오는 안면도 길

예전에 손편지로
아빠에게 보냈던
딸의 마음을 읽는다

대견한 모습이
방안에 가득하듯

한참이 지나서
이 방에 들어서면

편지를 읽는
아빠 마음
읽어 볼 수 있겠지

명절

명절이
가족들을 만나
행복하라고 있다면

내 안의 그리움은
그대를 만나
행복하라고 있다

만나고 보니
그대 만남이 더 행복했다

공기청정기

지날 때마다
얼굴에 바람이 온다고
공기청정기를 옮겨 달라네요

부탁 들어온 김에
내 마음에 옮겨 놓을까요?
바람에
그대 생각 꺼내놓고
즐기는 행복!
함께 나눌 수 있게

냉장고

예전에는
겨울에 냉장고가
필요할까 그 생각 들었는데

그대 마음
따뜻하게 해주는 것은
나보다 한수 위

내안의 콩깍지

콩깍지가 씌어
그대만 보인다면
매일 콩을 까야 하나요

아니면
내 안에 고소하게
콩을 볶아야 하나요
내 안에 콩깍지로 가득한데

그물

그물에 담긴 고기처럼
갇혀있는 날들이지만
그물 밖을 나가고 싶은
생각이 없으니 어쩌요?

나만 생각하고 던진
그물 일 테니까

아
버
지
와
막
걸
리

우산

어제도 오늘도
우산 꽂이에 있는
파란색 우산

살 하나가 부러져
사용하지 않을거면서
왜! 나를 그대로 두나?
하는 것 같은 표정

우산에 담긴 사연
잘 알면서
하는 눈 빛으로 대답 했다
"널 쓰고 나가면
  그대가 좋아 할 수 있어!"

보름달과 그대

보름달은
낮인 듯 환하게
밤을 비추고

그대 생각은
꽃길을 걷듯
내 기분을 비추고

달은 달대로 좋고
그대는 그대라서 더 좋다

보름달

베란다에서 달을 보았다
우리집으로 들어 올 듯
커다란 달!

내 안에는
들어 올 공간이 없다
이미 그대 생각으로
가득차 있거든

거울

엘리베이터에 타면
버튼을 누르고
가장 먼저 보는 거울

급히 나오며
미처 보지 못한
옷매무새를
다시 만지는데

"그 정도면 훌륭해"
말하는 것처럼 보이는 거울

네 안에
당신이 있나?
미소 짓게 하는 거울

빈수레

빈수레가
요란하다는데
제 마음은
늘
빈수레입니다

그대 말고는
아무도
태울 수 없고

또
요란하다 해도
그리움만 울릴테니
걱정 없어요

도시를 걷다

무심코 집은
책 한 권
도시를 걷다"

바쁘게 움직이는
도시 사람들 속에

생각대로
걷지 못하는 친구들

그들과 함께
도시를 걷는
아름다운 건축!

그 도시
내 안에 있다
차별 없는 마을로 있다

귀뚜라미

귀뚜라미 우는
서늘한 밤!

가을로 들고있는 내 마음을 착각하나
그칠 생각을 않는다

내 안에 그대가 웃으며
자기도 웃겠다고 말하는
귀뚜라미

귀뚜라미가 운다
늦은가을 그리움 속에서 운다

밀당

출근할 때는
갯벌이 보였는데

퇴근할 때는
바닷물로 지운다

갯벌아
네가 그대냐
나와 밀당을 하게

안경

봄도
꽃도
보이지 않는다

그대라는
안경을 쓰고 있는 지금

축제장에서

남당리 새조개 축제장
새조개는 뒷전이고
창밖으로 보이는
바다에 넋을 놓고 있다

바다 위에
카페가 있는 듯
창밖에는 바다만 보인다

내 안에
그대만 보이게 하는 마음
저 바다
언제 배워 갔을까?

안개

가을 시작에
남당리 노을전망대

앞에는 안면도
옆에는 보령

바다안개로
보이다 말다

안개야
네가 그대냐
나와 밀당을 하게

*남당리 : 충남 홍성군 서부면 항

책꽂이

우리 집 책꽂이
한쪽은
늘 비어있습니다

그대 생각 담긴 책을
꽂으려다 말고
꽂으려다 말고

사실 그 책은
제 마음에 쌓아두었거든요

굳은 땅

굳은 땅에
물이 괸다고 하지요

하지만
제 마음은
굳을 일이 없습니다

그대 마음
하나만 남겨두고
모두 내려보낼 테니까요

마음

좁히면 좁아지고
넓히면 넓어지고

당신 생각 따라
마음이
커졌다 작아졌다
이게 사랑이라는데

하지만 늘
당신 생각만
하고있는 나

바다라 불러야 겠지요?

주인공

봄날
뒷산에는
분홍빛 진달래가
주인공이고

부활절
내 안에는
부활하신 주께서
주인공이고

리모델링

오래된 사무실을
리모델링했다
밝은 등과 새 가구
환한 사무실이
고객들 마음을 밝게 한다

사무실 공사하는 김에
내 안도 리모델링을 했다
밝은 마음 느낄 수 있게
봄꽃으로 장식했다

이제 환한 마음에
밝은 미소 짓는 그대만
초대하면 된다

바다

기분 좋을 때 바다는
춤을 추고
힘들 때 바다는
잠을 잔다는데

출근길 바다가
철썩철썩!
하지만
퇴근길 바다는
잔잔하게 잠을 잔다

그래서
내일 퇴근길에는
힘찬 바다를 만날 수 있게
그대 생각하며 지나야겠다

수상소감

위 사람은
딸 바보로서
딸을 위해
눈물 흘리는
모습을 보였습니다

어버이날
상을 받았다
딸 바보상

상을 받으면서
딸을 생각했는데
받고있는 상장안에
딸이 있었다
보고 또 보고

세상 최고의 상이다
내 안에 지금 마음 이대로
오래오래 간직하자
수상자로서 당당하고
멋지게

편의점

내 안에는
편의점이 있지

그대가
원하는 것
모두 다 있어

언제든지
이용할 수 있는
그대만의 편의점

주차장

힘든 하루
브레이크도 없이
달리다가 지치면

잠시
쉬어 갈 수 있는
주차장

내 안에는
그런
주차장이 있지

발레파킹은 기본
그대를 위해
늘 준비된 주차장

함구개이(緘口開耳)

익어 갈수록
입은 닫고
귀는 열으라는 말

그래서 귀를 더욱
기울이지만
함구하지 못할 때가
많습니다

그대 앞에 있으면
하회탈처럼
입꼬리가 귀에 걸려
싱글벙글
수다쟁이가 됩니다
어떻게 참지요?

골목길

바람 부는 골목길
머리 위에는
가로등 불빛이
춤을 추고 있는데

가로등이
흔들리는 건지
내가
흔들리는 건지

내 안에
가로등이 있고
그 안에서
춤을 추고 있는 그대

나도 따라
춤을 추고 있는
골목길

첫눈

그대 생각
가득 담긴
첫눈이 내린다

그리운 만큼이라면
밤을 새워 내려도
모자랄텐데

내 안에는
이미
함박눈이 내리고 있다

그대 안에도
내 생각 앞세운
함박눈이 내리고 있을까?

첫눈인가

첫눈이라는
문자를 받고
당황했어요

처음 만날 때
첫눈이예요!
하던 그때가
그대와의 첫눈 이기에

준비도 없이
갑자기 내렸으니
당황 할 수 밖에요

눈

밤새 내린눈이
오두막 지붕을
하얗게 덮었고

그대 향한
그리움은
내 안을 하얗게 덮었고

그리움이 눈이라면
그대 닮은 눈사람을
만들어도 만들어도
눈이 남을텐데

은행나무 길

노란 은행잎이 쌓인
현충사 가로수 거리를 보면
우리 집 마당이 생각난다

어릴 적 어머니와 함께
가로수 거리를 걸으며
우리 집 같다고 했는데

마당 가득 떨어진
은행잎을 치우며
지붕까지 덮어 힘들다고
투정 부렸었던 그때

다시 그날이 온다면
콧노래를 부르겠지

올해도 현충사 거리는
은행나뭇잎으로 가득 찼다

올해도 은행나무 가득
어머니 생각이 달려있다

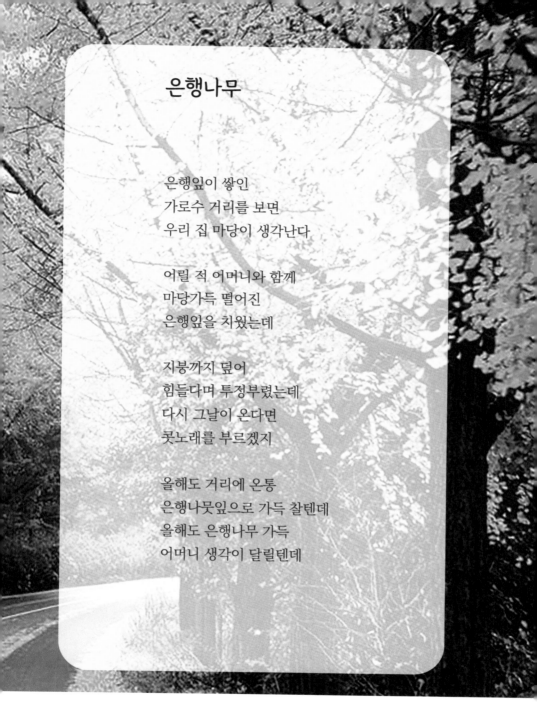

은행나무

은행잎이 쌓인
가로수 거리를 보면
우리 집 마당이 생각난다

어릴 적 어머니와 함께
마당가득 떨어진
은행잎을 치웠는데

지붕까지 덮어
힘들다며 투정부렸는데
다시 그날이 온다면
콧노래를 부르겠지

올해도 거리에 온통
은행나뭇잎으로 가득 찰텐데
올해도 은행나무 가득
어머니 생각이 달릴텐데

아버지와 막걸리

막걸리는 아버지다
멀리서도 아버지 있는 곳 금세 안다
이른 새벽부터 콩나물을 짐 자전거에 실어
산 아래 시장에 배달을 떠나시고
때가 되어도 오시지 않는 아버지를 기다리며
발을 동동 구르시던 어머니는
고무대야에 콩나물 통 두 개를 담아 머리에 이고
힘겹게 종종걸음으로 나선다

그런 어머니가 몹시도 안쓰럽게 보여
아버지를 찾아 나서면

이원 집이라는 선술집 앞에
여지없이 자전거가 세워져 있었다

안으로 들어가서
"아버지! 콩나물 배달할 곳이 줄이 섰어요!"
하며 말하고 싶지만, 술이 거나하게 목을 적시고 나면
무서운 아버지에게서 매가 먼저 날아올 것을 뻔히 알기에
밖에서 언제쯤 끝나고 나오실까 조마조마 기다리곤 했었다

막걸릿 병이 조금씩 비워져 가면 아버지는
"백마강에~" 노래가 절로 나오며 새 병을 가져오게 한다
그렇게 지켜보다가 집으로 돌아오곤 하는 일이 되었다

한 살이라도 빨리 나이를 더 먹어서
내가 짐 자전거를 타고 시장을 누비며
아버지 대신 배달하여 어머니 짐을 덜어 주고 싶었다

어느 날 비를 맞으며 자전거를 끌고
집으로 들어오시는 아버지!
자전거가 그리도 무거운가 싶도록
겨우겨우 걸어오시는 모습이
영화의 한 장면처럼 두 눈에 들어오면서 나는
꼼짝할 수 없었다

고통을 견디며 일하시려면 막걸리를 떠날 수 없다며
그런 아버지를 위해 기도하셨던 어머니!

오늘은 나도 아버지가 안쓰러워 보인다

지금도 비 오는 날 막걸리는
어렸을 적 내 안의 아버지를 그립게 불러내고
아버지의 노랫소리가 들리는 듯 현관 쪽을 쳐다본다
가끔은 내가 막걸리로 되었다가 아버지로 되었다가